KB145654

선연이
선연하다

선연이 선연하다

초판 1쇄 인쇄 2019년 09월 06일
초판 1쇄 발행 2019년 09월 16일
지은이 강윤순

펴낸이 김양수
디자인·편집 이정은
교정교열 박순옥

펴낸곳 도서출판 맑은샘
출판등록 제2012-000035
주소 경기도 고양시 일산서구 중앙로 1456(주엽동) 서현프라자 604호
전화 031) 906-5006
팩스 031) 906-5079
홈페이지 www.booksam.kr
블로그 http://blog.naver.com/okbook1234
포스트 http://naver.me/GOjsbqes
이메일 okbook1234@naver.com

ISBN 979-11-5778-396-0 (03800)

선연이
선연하다

송현(松炫)
강윤순

맑은샘

시인의 말

다른 해보다

올해는

여름과 겨울이 작렬했습니다.

봄과

여름이

특별히 소중했습니다.

찬란했습니다.

저에겐

두 번째 시집이 더 특별할 것이라고

기대했습니다.

주변 사람들 역시

많은 기대를 했었지만,

정작 남은 것은

아쉬움 뿐입니다.

그러나 분신과 같은 내 가족과
선연이 밀려오는 항상 그 자리에
당신이 존재하므로
나는 행복합니다.
사랑합니다.
사랑합니다.

사랑합니다.

2019년 9월 4일
송현(松炫) 강윤순

차례

선연이 선연하다

신선은 선연리에만 있지 않았다
바위에도 있었고 등 뒤에도 있었다
붉은색 샘물은 자천대에서만
솟아오르는 게 아니었다 그 밖에도 솟았다
네가 있는 곳이 곧 자하였으므로
자색 바람은 늘 네 쪽에서 불어왔다
그 바람에 배의 가장자리는
언제나 산뜻했다 밝았다 꽃보다 아름다웠다
선연이 선연했으므로 밤이 왔지만
날은 어둡지 않았다 개는 짖지 않았다
언제나처럼 너의 신발은 구름이었고 태양의
허리가 비바람 속에서도 변함없이 낭창거렸다
연이 허공에 대고 악연도 인연이라고
소리소리 질렀지만 개구리는
늪에서 귀를 막고 와와 소리를 냈다
연꽃은 연못에서 침묵으로 연을 흔들었다

그렇지만 우리는 선연했으므로

자주 자주색 물에 들었다 그 안으로

내내 달은 기울지 않았다 꽃은 지지 않았다

가끔은 연이 나뭇가지에 걸리기도 했지만

너와 나의 인연이 투명해서 해는 변함없이 떠올랐다

넌 내게 네 연과 내 연 사이에 있는 착한 연

우린 만나기만 하면 잇몸을 다 드러내고 웃었다

손주

쟁반에 구르는 옥구슬처럼
연잎에서 깔깔대는 물방울처럼
우리 집 족보나무 꽃대궁에
찰싹 핀 방울들
하늘에서 툭 떨어졌나
땅에서 불쑥 솟았나
보고 있어도 보고 싶은
강아지 하늘 땅 땅강아지

내 옷섶에도 귓불에도 딸랑딸랑
내 주머니에도 꿈결에도 딸랑딸랑

달이더냐 별이더냐

천의 바람결로 짠 비단이더냐

금자동이 은자동이

이 세상 모든 보석이 이보다 더 빛나랴

천지 꽃들이 이보다 더 고우랴

그 빛 천 리로 번져 나가네

그 향 만 리로 퍼져나가네

방울아!

새벽 종소리처럼 이 세상을 깨우거라

동녘의 샛별처럼 이 천지를 밝히거라

딜버트의 법칙

    국화빵 속에 국화는 없다 잠자리에 잠자리도 없다 밤 속
엔 밤이 없으므로 내 안에 나는 없다 그래서 내가 맞춘 구
두는 내 신발이 아니다 그러므로 어젯밤에 내가 꾼 악몽은
네가 꿈꾸는 꿈이고 네가 키우는 자라는 자라지 않아서 자
라가 아니다 그리하여 네가 맞은 만점이 내가 본 시험이
고 뻐꾸기 알은 개개비가 키울 것이다 그렇기 때문에 천
년 전의 강물이 오늘의 강물이고 백일 후의 강물로 흘러갈
것이다 자루 안에 연필이 들어있었지만 새털구름 안에 새
가 없었으므로 헤이리에는 해가 뜨지 않았다 모스크바 광
장에 레드카펫이 깔리지 않았다 그래서 바람이 불고 너의
바람은 없고 내 머리카락은 휘날리지 않는다 그러므로 쇼
윈도 부부는 앵무새같이 같은 말을 되풀이하는 것일 뿐이
고 밤이 선글라스를 끼고 있을 뿐이다 그리하여 유리 천장
은 블루칼라가 아닐 수밖에 없고 진열장에 들어간 코끼리
는 어디까지나 인형일 수밖에 없다 그렇기 때문에 지구본
은 더 빨리 돌아야 하고 내 꿈은 해바라기도 모르게 피어

야 한다 위를 모르는 장은 분별력이 없으므로 흰색 와이셔
츠를 입은 너는 언제까지 너를 몰라야 한다

　　독버트가 달을 보고 짖는다 상승하는 엘리베이터 밖 어
디에도 망원경은 없다

녹턴

낮에 본 영화가 집까지 줄달음을 친다 온 집이 먹먹해진다 먹달나무 가지에 또 설익은 밤이 매달리겠다 오늘은 아니야, 그런데 술시부터 젖은 입술이 말라간다 젤리는 이미 굳어있다 꿈틀대는 옹이 사이로 언제나처럼 술은 투명하고 별은 돌아서고 너는 있고 우리는 사라진다 밤은 낡아서 너덜거리는데 네 등은 아직 저리도 곧다 술결인가 어둠결인가 맹물 같은 우울 속으로 파랑주의보도 없이 네가 너울처럼 밀려온다 아득한 그리움이 만즉일이 아닌데도 그루브를 탄다 네가 술병 목에 가시로 돋을 때 내가 밤을 새우기 위해 원고지에 가로로 눈물을 채운 적이 있다 가시 속에 기표를 깔아놓고 기의를 세로로 나열해봤지만 너는 꽃잎을 내밀지 않았다 위장술만 전등 밑에서 머리를 흔들었다 옹이만 나무속으로 더 깊이 파고들었다 그때 잔과 입술 사이에 있던 너는 깜깜했다 미끄러웠다 단단했다 마두야, 밤은 또 화려하고 초라하고 살을 꼬집어도 아련하구나, 희미한 기억 끝에서 바람이 깔깔댄다 불은 뜨거운데 그림자

는 없다 밤은 섰지만 나는 아직 미완성이다 너는 늘 그랬
듯이 실뿌리 흩날리며 적막으로 완성된다 고개를 돌리면
닭 눈물에 젖은 새벽이 또 자격증 없는 북엇국을 내밀 것
이다 갈림길로 오는 여명에게서 아네모네 향이 난다

기하

깃발 밑은 비장했다 도형의 성질은 미지수였다 오늘이 어제 속에 빠져있던 나에겐 하루하루가 지옥이었다 귀하의 분량을 몇입니까, 나는 어찌합니까, 칡과 등나무와 땅으로 곤두박질치는 랩소디, 깃발을 알아야 했지만 공간 속은 숨이 막혔다 당신보다 낮은 곳에 내가 있었으므로 모양과 치수는 판이하게 달랐다 우리 관계는 점, 선, 면이기도 했고 예각 둔각이기도 했다 처녀작이 낯설다구요, 삼인칭이 생소하다구요, 그렇다면 저 수많은 대상은 어떻게 할까요, 네모 필라와 보름달과 사다리차, 깃발에서 거리를 두기도 해보고 바람으로 저격도 해봤지만 관계는 미동도 하지 않았다 더욱 냉랭해진 깃발 아래 부르지 못한 노래는 용암이 되었다 슬픈 노래는 비가 되어 흘렀고 사랑니는 정체성에 몸부림을 쳤다 화살과 추와 부메랑, 이쯤에서 관계를 포기해야 하나, 아니지 우리에겐 기우가 있지, 기우로해서 당신+나=기우라는 공식이 성립되므로 기우는 곧 우리의 합일점이 되는 거지, 우리는 하나의 깃발이었어, 깃발은 곧 공리, 정리, 계로 증명을 요하는 진리였으므로 지오메리트는 측지술인 거지, 모든 정리는 대정각으로 정의가 내려졌다 은연중 우리 속에 우리가 물들어 있었으므로 기우와 당신과 내가 맞꼭지각이 같은 대정각을 이룬 것이다 깃발 아래 오래된 스펀지가 온유를 머금고 있었다

가넷

1월에 태어났다 금줄 아래 레드 카펫이 깔려있었고 석류
알이 단단했다 일요광장에 사람들이 적색 포도주로 건배
를 하고 있었다 다리 밑으로 소방차가 지나갔고 벤치에 앉
은 붉은 명찰의 조교가 '내 이름은 빨강'이라는 책을 손에
들고 있었다 아메바가 자라고 아카바네역과 헤모글로빈과
주안 등이 붉어있었지만 그가 가진 건 무늬뿐인 장신구,
열두 개의 물 무덤에서 열두 번 다시 태어나도 그는 여전
히 붉은 귀 거북이었다 전광판에 병신년이라는 글자가 투
명했으나 운동장에선 레드카드가 남발되고 있었다 번데기
를 뚫고 나비가 날아오를 무렵, 그가 작정하고 붉은 망토
를 둘렀다 팝핀과 락킹을 닥치는 대로 연마했다 힙합과 헤
드뱅잉을 가리지 않고 섭렵했다 비가 오든 보이가 오든 상
관하지 않았다 대장간에는 언제까지 불이 꺼지지 않았다
얼음 요새와 붉은 달과 루비, 그는 그렇게 그녀를 향해 모
루와 정으로 다시 태어나고 있었다 그가 그녀의 팔목에 들
었을 때 비로소 내일의 태양이 떠올랐다 그리하여 공휴일

이 붉어지고 엘리베이터 짝수 층이 생겼다 광역버스가 달렸고 신호등이 불을 밝혔다 그녀는 그에게 꽂힌 장미와 태양으로 상징된 브로치, 붉은 모자를 쓰고 빨간 립스틱을 바르고 양 볼이 달아오른 당신은 내겐 보석이야, 수시로 거슬러 오르는 연어 떼와 쏟아지는 하트 사이로 붉은 내가 흘렀다

불새

　새는 주검으로 태어났다 이와 이 사이에서 사각울음으로 탄생했다 사각지대는 아니었다 소리도 나지 않았다 고유번호 *4116**, 오 형, 전쟁의 그리메, 화약 연기 따라 새가 사라질 때 푸른 구름도 사라졌다 해도 총총 손을 놓았다 풀들은 온몸으로 땅을 치며 누웠고 꽃봉오리는 그림자를 땅속에 묻었다 내가 사랑했던 모든 이들이여 안녕, 그대 목에 걸려있는 나를 안녕으로 삼켜주오, 새를 좇다 가시철사에 걸린 바람이 하얀 피를 쏟았다 사이렌은 오작동이라고 머리를 흔들었다 주인 잃은 깃털은 허공을 떠돌았고 철모는 남은 온기를 레퀴엠으로 싸안았다

　하얀니와 이팝꽃과 불사조, 멀어질수록 또렷해지는 새소리가 현충원 목백합나무에 걸려 있었다 어머니는 당신의 온 핏줄을 뽑아 가지 위에 새 둥지를 만들었다 언제라도 쉬었다 날으렴, 아버지는 언제까지 뒤돌아서서 어둠으로 에세라이트를 태웠다 나비효과가 카프리 푸른 동굴을 울렸다 성당의 종소리는 울리지 않았다 방 하나엔 별들로 채

워둘게요, 별 하나 별 둘로 깃털을 날릴게요, 온갖 새 노래
가 청공에 방점을 찍고 있었다 뜰 안 가득히 풀과 꽃들이
웃고 있었다 전쟁기념관에 죽어도 죽지 않은 수많은 새 눈
물방울들이 반짝이고 있었다

달반늘

앵강만에 달이 한동안 묵었다 간 적이 있다

베갯속에 수소지가 엉켜 있었다 바람은 전봇대에 푯대를 꽂던 삽사리를 기억하고 있었다 간이역과 샘니와 돌아오지 않는 부메랑, 비무장 지대에 다크호스처럼 집시가 들이 닥쳤을 때 달빛 두른 산수국을 두고 헛꽃이 분주했다고 소문이 무성했다

매듭은 아버지의 허리띠 같아서 아무 곳에서나 풀어지곤 했다 다리와 다리 사이로 가다랑이가 지나고 나면 골목에는 조개 물이 흥건했다 방바닥은 뜨겁게 달아올랐지만 살바람이 지독해서 머릿속이 꽈리처럼 부풀어 오르기도 했다

개펄 한 구멍에 있는 두 개의 집, 그래도 본방이 풍산들보다 넓어서 주짓수는 없었다 그래서 간조에서 만조까지 바닷물은 섬을 능구렁이처럼 넘나들었다 이따금 겸연쩍어

서 달빛이 바람으로 입을 헹구곤 했지만

　바람은 잎에 찍힌 핑계 없는 낙관이었다 차가 오지 않는 종점이었다

　이젠 나무 그림자로 바람을 그리는 달, 발자국은 막 무덤 옆에서 과거가 거둔 씨앗을 선별 중이다 애월에선 바람 빠진 벌룬이 포말로 참회록을 쓰곤 한다 이따금 이빨 빠진 구름이 수평선에게 등을 내보이기도 한다

　만은 한때 여든 개의 무지개를 띄운 적이 있다

자화상

거울이 생기면서부터
여자는 그 속에 있었다
거울은 그녀를 눈썰미로 키웠다
아이는 은수저로 자랐고
숙녀가 되기까지 거울은
박수를 아끼지 않았다
거울 속에 여자가 가득해질 즈음
거울은 여자에게 프리즘을 내밀었다
'빨강에서 보라까지 어떻게
비쳐지느냐에 따라 네가 달라질 거야'
여자는 거울 밖의 여자로 다시 태어났다
밖은 각오보다 어두웠다 거칠었다
여자는 번개를 벽락으로 싸안기도 하고
나무 앞에서 나무불법승을 수없이 외쳤다
'어머니 거울 이전의 거울이 너무 깊어요'
무채색의 여자가 어느 날 문득 제 속의

거울로 자신을 보았다 거울 속 여자는

능소화로 뒤덮인 고목이었다

여자는 허허벌판에 서 있는 벽조목이었다

입스

손에서 이는 돌풍은 근육의 반란이다 순간 공은 채를 빗맞고 공중에 초점 없이 사라진다 기대와 날개와 삼천포, 사상이 엉뚱한 곳으로 빠진다는 것은 가면 안에 금발의 유럽풍 남자와 찌질이 왕좁쌀 사내가 엉켜 있기 때문이다

수요일을 당겼는데 일요일이 쏟아졌다 성벽은 돌개바람으로 무너지고 홀은 하늘로 뚫렸다 내가 나를 잃는다는 건 그림자가 안개 속으로 사라지는 것 금요일 안에 화요일이 똬리를 트는 일, 비는 맞았지만 젖지는 않았다 채를 휘둘렀는데 채는 그대로다 결국 비림은 열매를 쭉정이로 맺었다 양쪽 팔을 벌리는 목요일을 두고 토요일이 열하루로 분열했다 달은 눈썹을 씰룩거렸고 반쪽 몸을 쪽배에 실리기도 했다 열망은 여전히 난간과 연습벌레와 다크호스를 기대한다 요일은 요행을 앞세우고 한곳에 모여진 주일은 처용 가면처럼 행위 예술을 꿈꾼다 허물 벗은 남자가

고비 사막으로 떠났다 별들이 독존 의식으로 반짝였다
당신은 돌아가기에 좋은 오아시스, 단단한 모래밭이 그의
이미지를 물들였다 달도 모르게 깊어진 월요일, 악력 혹은
샷, 그린필드 위에 열여덟 개의 트라우마가 욕처럼 빛나고
있었다

느낌적인 느낌

봄 그림을 안고 잠이 들었다 눈앞에 아른거리는 아지랑이, 꿈인지도 모른다 섬? 썸? 탈까? 의심과 확신 사이로 바닷물이 몇 번씩 교차했지만 봄은 기적을 울리지 않았다 일어나지도 않았다 나무가 떼창으로 봄 처녀를 불렀지만 봄은 오지 않았다 정거장에 가는비도 내리지 않았다 눈꽃에 취해있는 도시 총각들은 쌀쌀맞았고 사람들은 서로 손을 잡지 않았다 숲은 우거지지 않았고 만물상은 언제까지 문을 닫고 있었다 투쟁이 투쟁을 낳았지만 액자 속의 봄은 좀체 밖으로 나오지 않았다 늪과 배추포기와 데자뷔, 저기 섬 밖에서 섬을 마주 보는 이 누구인가 그림자인가 랑데부인가 갈피와 갈피 사이로 섬이 떠다니고 있었다 날아다니고 있었다 아니 그 자리에 그대로 붙박여 있었는지도 모른다 철길은 안개로 불투명했고 기차는 더 이상 나아가지 못했지만 줄넘기는 계속되고 있었다 기적은 반드시 일어날 거야, 머잖아 파도가 섬을 데려올 거야, 곳곳에 봄 그림이 무성했으므로 손과 손이 나란히 따뜻했으므로 난 무작정

릴케의 봄을 기다리고 있었다 기차가 이미 안개를 뚫고 출발했는지도 모른다 봄 역에서 그가 나를 기다리고 있는지도 모른다

침묵

버섯이 피어있다 버섯은 참나무 겨드랑이에도 피어있고 소란의 언덕에도 피어있다 버섯은 각시풀 밑둥에 또는 막스 데카르트 골목에도 피어있다

버섯은 금을 파는 거리에도 있고 양들이 있는 곳에도 있다 버섯은 찔레 사타구니에도 있고 남편과 아내의 등 사이에도 있다 버섯은 어느 순간 잎을 봉한 나무 음지에 군락을 이루기도 한다 때에 따라서는 죽음보다 무겁게 혹은 민들레 홀씨보다 가볍게 피기도 하는 버섯, 세상을 간파한 버섯이 기둥보다 단단해질 때 주먹은 버섯 앞에 머리를 조아린다 펴서 피지 못하는 다섯이 된다

한때 버섯을 이해하지 못한 적이 있었다 삿갓도 온몸으로 뿜어내는 향도 모두 가식이라고 생각했다 자실체 자루 안에 요정의 화신을 잔뜩 품고 늘 우산으로 자신을 가리고 있는 버섯, 언제부턴가 수다 카페에 그런 버섯이 버섯이

한자리 잡고 있다 이젠 초승달이 뜬대도 찢어진 달이라고
토끼가 달려오진 않을 것이다

　버섯이 한자리에서 무게를 잡고 있다 바람이 버릇처럼
랩을 하고 있다 입과 입들이 공중으로 분해된다 오래된 구
름이 능선에서 그림처럼 그들을 지켜보고 있다

고희연

朝回日日典春衣(조회일일전춘의)*

조회를 마치고 돌아오는 날이면 봄옷을 저당 잡혀

每日江頭盡醉歸(매일강두진취귀)

날마다 곡강* 머리에서 흠뻑 취하여 돌아온다

酒債尋常行處有(주채심상항처유)

술집 빚은 가는 곳마다 있기 마련이지만

人生七十古來稀(인생칠십고래희)

칠십에 인생은 예로부터 드문 일이네

穿花蛺蝶深深見(천화협접심심견)

꿀을 따는 호랑나비 꽃들 사이로 보이고

點水蜻蜓款款飛(점수청정관관비)

물 위를 적시는 잠자리는 조곤조곤 나는구나

傳語風光共流轉(전어풍광공류전)

바람과 햇빛이 말을 전하길 함께 어울려 노니며

暫時相常幕相違(잠시상상막상위)

잠시 서로 즐기며 헤어지지 말자꾸나

– 중국시인 두보의 시〈曲江〉인용

몇 구비 넘고 넘어 온 고래희

내가 맞았네 감히 흠씬 맞았네

저 고희의 언덕에 울려 퍼지는 팡파레

나 오늘 나를 위해 축배의 잔을 높이 들어 올리네

우린 모두 삶이라는 꽃에서 꿀을 따는 호랑나비

꿀에 취해 달빛에 취해 세월 가는 줄도 모르다가

가시덤불 헤쳐가며 피를 철철 흘리기도 했네

때론 해도 달도 모르게 브로도저가 되어 산을 떠밀기도
했지

저 화려한 꽃밭에서 행복한 듯 웃고 있는 한 여인

그 속을 들여다보니 쇠똥 굴리던 쇠똥구리였네

이제 그녀 곁에 남은 것은 구린 듯 구리지 않은 꼭 그만
큼의 그림자

얘들아, 내 자식으로 와주어서 너무 고맙구나!

너희에겐 내가 많이 부족하고 부실한 그늘이지만 그래도 난 열심히 살았다

내 남은 생이 얼마인지는 모르지만 살아도 죽어도 난 너희들 행복만 빈다

너희로 해서 내 생이 풍족했다, 많이 행복했다, 사랑한다 사랑한다!!!

고희, 이제 나는 허리띠를 풀고 눈부신 햇살과 비단바람을 맞을 것이네

깊고 짙어지는 나를 따라가는 내가 될 것이네

모났지만 아름다웠고 진실했던 내 생을 위해 파이팅 파이팅 파이팅!!!

간다르바

　허공에 떠도는 향은 건달의 식량입니다 엉덩이에 박힌 굳은살은 명분 없는 사치입니다 공로 없는 훈장입니다 민달팽이가 무의로 면도날 위를 갈 때 건달은 천상의 신들을 위한 음악 요정이 됩니다 이따금 구름이 뱉는 기침 소리에 새들이 한층 더 날아오릅니다 이때 건달은 지국총 지국총 방향 없는 키를 잡는 바람이 됩니다

　향기 안에 살고 있는 꽃잎이 새의 발목을 잡고 있습니다 주목에 흘러내리는 투명한 수액은 신의 궁전에서 나온 노래였습니다 저 부메랑은 자연 전령사 칠성무당벌레 편자일까요 하늘을 날아다니는 꽃의 갈기였을까요 가두의 불만 거친 향입니다 수도승의 명상을 방해하는 인격화 된 신인 소마입니다 부의 수여자입니다

　땅이 뿜어낸 향이 청공에 가득합니다 생명의 생장에 양분을 준 독수리는 다시 하늘로 오를 것입니다 오늘밤 신이

마신 소마로 해서 달이 작아지겠습니다 밤은 어둠을 망토처럼 두르고 주기를 기다려야 할 것입니다 돌과 돌 사이에 있는 성실은 물과 우유로 된 비입니다 하오마 의식은 신의 영약에 대한 믿음입니다 당신은 동쪽을 수호하는 대왕, 음악이 꽃과 나무의 손을 잡고 당신을 부르고 있습니다

참회

여름이 갔지만 참외는 달지 않았다 원두막엔 기억을 깔고 앉은 바람 소리만 무성했다 이발소 삼색 기둥은 여전히 돌아갔고 귀소본능으로 안경은 안경집에 들었다 구름은 늘 그랬듯이 산등성이를 기웃거리고 있었다 굴참나무는 열매를 더 많이 만들기로 했으나 코르크 마개는 시중에서 고개를 돌리지 않았다 저울과 투우와 관성의 법칙, 고속도로 차들은 각자 가는 방향으로 달리고 있었지만 교차로의 차들은 한 치의 양보 없이 서로 뒤엉켜 있었다 바람은 안개 모임에도 번개팅에도 얼굴을 내밀지 않았다 손이 손에 묶였고 발이 발목에 붙잡혀 있었다 언뜻언뜻 자학처럼 부두는 떠나가는 배 꽁무니에서 거품으로 소용돌이쳤다 바람은 토네이도로 창문에 머리를 부딪치고 다녔다 틈을 탄 그림자는 통점을 찾아 살을 후벼 파기도 했다 한바탕 장대비가 지나갔을까 광장이 술렁이고 있었다 유턴과 부메랑과 제2의 법칙, 참숯이 잉걸불로 다시 타오를 때쯤 참회나무 꽃이 취산 꽃차례로 피기 시작했다 부두로 뜨거운 바

람이 밀물처럼 몰려왔다 비구름이 막무가내로 달려왔지만
황량한 바람만 휘도는 시계탑, 나무 서 있던 자리에 그루
터기가 헛 잎만 흩날리고 있었다

가시고기

남자가 반 지하방에 가시집을 지었다
그가 하늘을 품을 무렵이었다 지천에
쉰 바람이 불었지만
못과 시내는 넘쳐나지 않았다
늦었으므로 길은 멀었다 어두웠다
난간 끝에 서서 아이를 기다렸지만
안개 속의 배는 난할만 거듭하고 있었다
해가 해를 헤아리다 별로 솟았는가 신이
바빌로니아에서 달로 달려 왔는가
아버지, 남자는 오직 그 이름으로
숨을 쉬었다 그림자를 내렸다
처음부터 남자는 부레가 없었으므로
잠을 자지 않았다 몸의
절반은 찌르레기로 울고
절반은 풀무로 피운 저 붉디붉은 꽃잎
바람의 언덕에 아낌없이 주는 나무, 나무

아이야 저 투명한 바위에 마지막 잎새를

그리렴, 이름은 아주 희미해도 좋단다

등과 사과와 칩

등이 골목을 사수하고 있어요 모퉁이에 나비수염 자국이 반질거려요 사과탕은 뼈도가니 아롱사태 허파 꼬리를 푹 곤 거라서 설익은 사과는 끼지 못해요 꼬리말의 온도를 가늠하지 못하는 휴애리 수국들만 수국수국 입방아를 찧죠

즉 혀 속으로 사라진 주어와 채찍과 박차와 술어가 방향 없이 부서지다 얼음 호수에서 불기둥으로 솟아오른다는 거죠

사과엔 모름지기 꿀이 있어야 해요

바나나 칩엔 첨가물이 없어야 하거든요

반하나요 안 반하나요
사과 반쪽 바나나를 드실 때는 씨익 한번 웃어주세요 씨가 없다는 것은 무한대의 긍정일 수도 있어요 밀감과 블루베리와 노새는 속이 없어서 웃음을 심어야 해요

가죽가방에 바나나가 바나나킥을 날리고 있어요

뜨거운 사과는 겉모습이 무표정입니다

애교살은 없습니다

사과는 네 번의 과실이지만

무릎으로 하는 거라서

땅이 휘어지도록, 지문이 닳도록 동해 물을 끌어와야
해, 빌고, 접고, 리트머스를 위해 산을 불러와야 해, 이마
가 사라지도록 노을이 불타올라야 해, 바다가 뒤집어지고
바위가 끓어올라야 무릎을 펴는 것

사과후란 해바라기 씨가 여물 때 바람이 등 뒤로 숨는 것

사과 꽃이 피면 어디에 계실건가요 난 사과무늬 접시에
구름을 깎아 놓을 거에요 난간에 앉은 나비가 과거를 미래
속으로 날려 보내고 있어요

사과는 용기로 하는 거라서 입 넓은 용기가 필요해요

등꽃이 얼마나 아름다운지 보라 윙크 한 번이면 누구라
도 쓰러집니다

포커 칩에 시계태엽이 감겨 있어요 등나무 아래 젊은 노
인이 웃고 있습니다

현호(縣弧)

바다의 아침은 창창하단다

이곳에 서면 다리는 봄풀처럼 물이 오르지

뱃머리 왼쪽에 활을 붙이고 너를 맞는다

어느 해안을 돌고 돌아 너는 이제야 이곳에 들었느냐

물결아 파고를 드높여라

해풍아 파도를 안고 오대양을 누벼라

섬이 돌아앉아 고요가 배회하는 사이

다른 배는 해를 향해 돛을 올렸고

달 앞에 만선의 뱃고동을 울리며 닻을 내렸지

키 높인 모래와 건들거리는 갯바람 뒤에서

토막 난 생선처럼 팔딱거리던 불안들

지친 제 풀이 파랑주의보로 펄럭이나

너울이 포말을 몰고 벼랑 끝으로 몰려오나

해신은 그늘을 늘려 어둠의 발목을 잡고

그 어둠을 어쩌지 못한 여명은 뒷머리만 긁적였다

해면에 부표가 되지 못한 것은 파도가 아니라 나였구나

두렵다는 것은 불을 밝히는 일

뒤꿈치를 치켜들고 횃불을 높이 올린다

뽑아 올렸던 목을 수평선에 맞추고

비로소 눈을 뜨고 아침을 맞는다

내 등가죽으로 만든 북을 너에게 보낸다

아가야! 싱싱한 두 팔로 있는 힘껏 북을 울리렴

바다가 일어서도록, 아침이 퍼렇게 멍이 들도록

증발의 기호

음표를 보면 물속을 날아다니고 싶어진다

오선지에 매달린

음표, 어쩜 그렇게 감미로운 소리를 불러내는지 그 좁은 선 사이로 수많은 주름을 어떻게 접었는지

음표는 제 상처를 행위예술로 승화시키고 있다 이다음에 여자가 남자에게 매달리다 배신자처럼 성대는 버리고 無 흡만 키울지 모른다

음표를 콩나물로 무쳐먹는 여자들

시루 안에 음표를 키우는 착각의 물

저 물은 어느 강을 흘러왔을까 물은 소리를 증발한 음표

일 수도 있고 어느 연주회에서 눈시울을 적시는 눈물일 수
도 있다

음표에겐 과거는 없다 현재만 감동으로 물결치고 있다

오래된 고드름은 나이테가 있다

맹물처럼 보이나요

투명한 과거라고 말하진 않을게요

찾아든 곳이 낡은 지붕 끝이었고

신발을 던져버린 이후이니까요

머리를 흔들며 등뼈를 훑어 내린 눈물

그 물에 살을 저며 넣고

물구나무로 뿌리를 내려야 했어요

줄기를 키우기엔

빙점을 포장한 태양이 블랙홀이었어요

더러는 봄빛을 따라

하룻밤 사이에 사라지곤 했지요

한 발만 빠진 문지방에서 발을 뺏지만

살점을 떼는 비싼 대가를 치러야 했어요

나를 키운 건 팔 할이 삭풍이어요

칼날을 세우고 톱날을 번득이는

망토 두른 화신의 음모에도

바다는 산을 넘고 산은 바다를 넘었어요
그때마다 나는 나이테가 굵어졌지요 제
나이만큼 나이테를 보여주고 싶었거든요
봄날을 등에 입은 당신 아직도
그 코웃음의 힘을 믿나요 착각은
언제나 프리즘을 동반하는 거니까요

나무가 바다로 간 이유

맹그르브 숲에서 반짝이는 그림자를 보았다

나무는 소금 빛으로 광합성을 하고 있었다
어느 산이 준 일방적 어둠인가 바다로 뻗은 저 광명의 뿌리들
저렇게 짜고 단단한 기억들은 수천 번 다진 맹세거나 방랑인 것

나무는 새둥지 품었던 온유마저 날려 보낸 듯 몽키로 바닷물을 조이다 오래된 파도를 무릎 위에 올려놓기도 한다
나무가 왜 바다로 온지도 모르는 갈색 독수리는 나무를 향해 날개로 산을 만들어 보이다 지평선을 만들기도 한다

일찍이 저런 저음의 교향곡을 들어본 적이 있나요
맹렬하게 맹하게 맹하의 날을 딛고 선 저 앙칼진, 부드러운 심포니

나무는 이미 산을 섭렵한 바람의 신인지도 모른다

접속으로 다지고 갈아 내린 저 눈부신 그림자
그림자의 결은 어느 방향으로 지는가 무미건조하게 혹은
절박하게 누군가에게 얽혀든 적도 없는 적도에서 나라는
존재가 더없이 싱거워진다

산그늘을 안고 바다로 젖어드는
나무, 바다를 품고 바다에 앉은, 선, 나무, 또는 나무

이명

너를 보낸 내가 눈물을
보일 수가 없어 귀로 운다
한쪽 귀퉁이에 쪼그리고 앉아
마른 바람으로 운다 울어서
울려든 바람이
아흔아홉 골을 흔든다
붉은 골물이 달을 물들이다
골짜기를 메운다 전생에
난 빚꾸러기였나 달팽이었나
보냈지만 보내지 못하는
쉰 개의 해가 귓바퀴를 맴돈다
네가 물들여진 어둠에
산비둘기 울음이 얼룩지고 있다
저 멀리 귀로는 사라지고 네가 내가
우리 속에 다른 이름으로 뜬다

얼룩무늬 이별

남자가 침대 위에 앉아
비디오카메라에 눈을 맞춘다
곧 사라질 빛의 잔치에 초대된 마지막 손님처럼
병실 안 기류가 카메라 아래 내려앉아 있다
의자도 숨을 죽이고 지켜보는
절벽과 절벽 사이에서 흔들리는 천륜의 심지
몰아쉬는 남자의 절규가 불을 밝힌다
큰애야, 내가 해야 할 일을 모두 네게 맡겨서 미안하다,
염치없지만 네 동생도 엄마도 부탁하마,
마지막 빛을 밝힌 촛물이
남자의 볼을 타고 흘러내린다
뜨겁다는 것은 볼이 그림자를 남기지 않는 것
난간 끝에 미래가 없는 달빛이 흔들린다는 것
둘째야 사랑한다,
네가 내 딸로 와줘서 아빠는 행복했다
여보, 당신을 끝까지 지켜주지 못해서 정말 미안해요

빛도 그늘도 사라진 이후에

병아리 같은 남매를 품어줄

홀로 노도 속에 남겨질 아내를 향해

남자의 말이 비디오 속으로 끌려간다 엉겨든다

여리고도 질긴 인연으로 날개를 접는 가시나무 새

시각에서 멈춘 유언이 시간 속에 무언으로 흘러간다

사위어져 가는 남자의 남은 살가죽을 태운

촛농이 침대 위로 뚝뚝 떨어진다

카메라를 들고 있던 여자가 화면 밖으로 사라진다

찔레꽃

산밭에 찔레꽃이 어머니
한 철로 피어있다
내가 했던 수많은 가시 말들
온몸 촘촘히 박고서
어머니 활짝 웃고 계신다
자식 오기를 기다렸나
내가 철들기를 기다렸나
다가가 바람으로 어머니!
부르기도 전에 만발한 향이
버선발로 달려 나온다
그리곤 할 일 다 했다는 듯
바람 안에 후두둑 꽃잎으로 진다
어머니 허옇게 난 자리
깡마른 건공잡이 그림자가 스며든다
가시 걸린 햇살이 머리 풀고 울어든다

맞담배 피자

　신천지 웨딩홀을 지나 예림 한복집을 끼고 돌면 그 골목이 나와요 집이고 사무실에서 눈총받는 당신이라면 당장 구미가 당겨질걸요 스승과 제자면 어때요 삼촌과 조카라도 괜찮아요 터지는 빛살 앞에 검지와 중지를 뻗고 마주 웃으면 되는 거지요 애송이 연인이라면 더욱 좋아요 그 골목에 도오넛 같은 추억을 띄울 수 있으니까요 그곳에선 뜨거운 치즈처럼 서로에게 엉겨요 마주보면 둥근 한 덩어리가 되지요 그러다가 제 몫에 대한 분열이 시작되면 원은 삼각 잣대에 예민해져요 양보하는 척 견제하며 그들의 설전은 식기 전에 제 잇속으로 사라져요 그렇다고 걱정할 필요는 없어요 그곳은 마파람도 쉬었다 가는 맛이 담백한 피자집이니까요

오래된 우물

오래된 우물 안에

고독이 빠져있다 웅크리고 있다

두레박의 전설이 파편처럼 박혀있는 돌벽 위로

거미줄 플래카드가 정적을 흔들고 있다

이끼의 마른기침만 울리고 있는 우물 안에

어둠도 내려다보지 않는 오래된 우물 안에

올리지도 내리지도 못하는 깃발처럼

그대로 멈춰버린 고독

발광하듯 내가, 왜, 어쩌다를 외치다

제풀에 지쳐 쓰러지다 곤두박질치다

화려한 무대 위의 프리마돈나로

바늘 세운 고슴도치로

병든 닭으로, 헐크로, 시를 엮는 노파로

하루에도 몇 번씩 카멜레온이 되는 고독

동아줄이 기억도 할 수 없는 오래된 우물 안에

머리를 박고 '네놈은 도둑'이야 소리치던 우물 안에

다시는 안 먹겠다고 침 뱉고 돌아섰던 우물 안에

그 오래된 우물 안에

고독이 주저앉아 검은 모래를 토해내고 있다

막내

    방바닥에 흙 때 묻은 반바지가 뒹굴고 있다 구석에 먹다
남은 빈대떡이 밀쳐져 있다 모서리에서 모서리로 몰려다
니는 몽당연필, 사진 속 아이들이 웃고 있는 그 아래 물구
나무 선 사과가 빨간 모자를 쓰고 있다 바람이 깨금발 뛰
고 있는 죽담 옆에서 눈향나무 세 번째 가지가 잔뜩 심통
을 부리고 있다 맨들맨들한 자갈이 깔려있는 골목, 빼질거
리는 햇살 사이로 개미가 과자 부스러기를 물고 지나간다
첫째가 둘째가 화상처럼 머물다 간다 야채트럭 스피커 소
리가 바람에 잘린다 오이이어요, 야파 파아요, 꼬리 없는
강아지가 그 뒤를 따라간다 해는 중천에 있다 막내야 담배
한 갑 사온, 내를 지나 여름이 능선으로 줄달음을 치고 있
었다

당신

못에 핀 꽃

진흙 판이든 난장판이든

상관 않고 핀 저 꽃은 문수

흙탕물이 넘실거려도

빗방울이 어깃장을 놓아도

늘 생긋생긋 웃고 있는 저 꽃은

문수, 홍채 닮은 신

'당신 문수는 몇이세요'

신은 돌려놓고

하루하루를 못 박힌 손으로

미혹을 끊어내는 문수보살

연으로 혹은 신으로 이어내는 꽃, 당신

벗, 벚

우리가 만날 때 벚꽃이 피었다
벚꽃이 필 때 우리는 헤어졌다
하늘은 저리도 투명한데
봄은 저리도 화사한데
이 봄 벗은 없고 벚만 있다
같이 그렸던 그 수많았던 푸른 꿈
같이 견뎌온 그 긴 엄동설한
누가 사월을 잔인하다고 했나
모든 원인은 내게 있으면서
벗은 아직도 내 원망 안에서 맴돈다
벗은 갔는데 봄은 다시 오고
벙글던 벗 자리에 벚꽃 향만 짙다
이젠 벗도 벚도 아닌 우리
맺지 못한 열매는 어디에서 떠도나
벌은 저렇게 다시 사랑을 나누고 있는데
우리의 버찌는 어디에도 없네

에루화

꽃이지만 꽃이 아닌 꽃, 본적本籍도 없이, 이름 한 번 가진 적도 없는, 그래서 누가 풀이라면 풀이고 폴이라면 폴~ 날아오르다 밟으면 발밑에 납작 움츠러드는 에루화, 춤은 오직 허리에만 있고 등은 등이 되지 못하는 나무 등신, 어느 모퉁이에 돌도 인형도 아닌 뭇 돌로 파묻히는 흩어지는 낙엽, 에러, 에루화

어쩌다 울컥 드라마 주인공처럼 나비 보쌈을 꿈꾸는, 그러다 금방 뒷머리 긁적이는 나도 너도밤나무도 아닌 검부기, 짱돌 같은 부석, 하지만 에루화, 누구에겐 뒷주머니에 꽂힌 복권이고 싶은, 그러면서 면도날 끝에선 몸 한번 추스르고 에루화, 뒤돌아보면 흘러서 흘러가지 않는 강물, 생인손, 곰보배추 겉절이

길어서 더욱 짧은 에루화, 살아낸다는 건 안전 바 없는 롤러코스트, 유리 천장과 회전의자와 이름 없는 명패, 때

론 백야의 야생마로, 혹은 수만 명이 외치는 침묵으로, 잉걸불의 그림자로, 허공 벽에 붙박인 채 떠도는 집시, 꽃이 지만 이름 없는 에루화, 그렇지만 그래도 당신에게만은 오롯이 흥이고 향이고 싶은 에루화,

천도

하늘이 도를 따라 움직이고 있었다

소매 끝에서 겨드랑이까지

바람이 미끄러지고 있었다

그가 불 속으로 들어갈 때

화장은 하지 않았다

그 앞에 조화도 없었다 복숭아꽃도

피지 않았다 다만

눈 밑에 버들가지가 있었고

새파란 이별초가 있었다

겨울 바닥에 밑 화장 레퀴엠과

강철보다 단단한 윤회가 깔려있었다

바퀴가 돈다는 것은

그가 다시 돌아온다는 것이다

화장은 다시 태어나는 것이다

이승에서 미리네까지 진주알을 밝힐게요

암석이 마그마로 보일 때까지

닦고 또 닦을게요

천상에 천도가 그림처럼 매달려있다

그 아래 죽어 천 년이 더

푸른 초목을 주목하세요

화장한 화장이 불을 지피고 있다

길이 투명하오, 발이 날아가오

강이 경위의 도수대로 기울어지고 있었다

별리

달이 지는 방향으로 허공 꽃이 흔들리고 있었다 부동의 섬과 섬 사이 무리해가 뜨고 물이 두 갈래로 흘러갔다 울타리 밖에 아카시아 뿌리가 덧니를 드러내고 있었다 별과 인쇄되지 않는 책과 현관에 남은 신발 한 켤레, 리아스식 해안으로 밀물이 몰려왔다 몰려갔다 밤은 오지 않았다 쇄절기에 해가 잘려나가고 있었다 추려낸 일력이 너무 부드러워요, 하지만 추리소설은 아니에요, 소설이 극본보다 추운 때가 있었다 변을 맞추기 위해 오각형이 선혈을 쏟아냈다 철길은 화씨온도로 선로를 팽창시키기도 했다 물이 든다는 것은 밀알이 썩는다는 것, 처음부터 입구엔 지나친 방부제가 깔려 있었다 내가 내 속에 토란을 키우고 있었다 끝내 빗방울을 털기만 했던 간이역, 기적은 종착역에서 기적으로 남을 것인가 별이 뜨는 창에 리본이 달려있다 가는 것도 멈춘 것도 아닌 계절이 또 하루를 걷지 못한다

꼬까울 새

유치원 숲에서 발표회가 열렸다
무대 나뭇가지에 앉아 새들이
노래를 불렀다 무지개를 불렀다
'때굴때굴 도토리 어디서 왔니
다람쥐 한눈팔 때 몰래몰래 왔지'
노란 부리가 벌어질 때마다
조명등이 어미 새처럼
입속에 빛을 담뿍담뿍 넣어주었다
오물거리는 입 모양을 보고
바람이 까르르 까르르 배를 잡고 굴렀다
새 둥지가 새도 몰래 노을빛으로 물들었다
꼬까옷 입은 도토리 새들의 키 재기
숲이 감동으로 출렁거렸다 여기저기
햇살이 카메라 후레시처럼 터졌다
주황 노랑 연두 그보다 더 고운
넌 내게 아까울 새란다,

색색깔의 풍선 물결 사이에서

늙은 나무가 나무 나무를 외치고 있었다

만큼

우물이 제 둘레만큼 하늘을 담고 있다

수박이 제 무게만큼 우물을 거느리고 있다

할머니와 손녀가 서로의 거리만큼 앉아있는 툇마루

밥숟가락 보고 있는 손녀의 입이 동그랗다

밥숟가락 들고 있는 할머니의 입이 동그랗다

보이지 않는 거리만큼 보이는 원이 깊다

가면

가장행렬이 시작되면 해는 달 속에 숨는다 이때 달은 달이면서 달이 아니다 해는 해가 아니면서 해다 사라진 가이드라인 밖에서 해는 어둠을 망토처럼 두르고 달을 등지고 가이면서 면으로 행진한다 가와 면 사이에 있는 분홍 메뚜기와 꼬리명주나비와 쥐방울덩굴 청호반새, 이들을 내세우고 카니발은 축제 아닌 축제로 흘러간다 비무장 지대에서 냉각 곡선을 그리며 연신 움직이는 가의 레이더 망, 표적이 한번 잡혔다 하면 가는 해를 걸치고 실없이 헤헤 웃는다 양주를 마시고 막걸릿잔을 내밀기도 하고 속옷을 입지 않고 활옷으로 달을 교란시키기도 한다 가가 타전하는 면의 면은 철판보다 단단하다 대화보다 찬란하다 변이된 탈의 경계선에는 구름이 일지 않는다 가끔씩 주체할 수 없는 감정들이 목으로 흘러내리지만 감을 잡지 못하는 바람은 사과나무도 지나지 못한다 달의 이름으로 얼룩진 해의 얼굴은 구름도 알아보지 못한다 가와 해와 달과 면이 겹쳐진 두 쌍의 그림자, 가가 짓는 냉소는 면에서 용암이 끓

어오른다는 증거다 산양의 울음소리는 늑대의 웃음소리다
사랑한다는 말은 곧 극도로 증오한다는 말이다 민낯을 깔
아놓고 언제 어디서나 동전의 앞뒷면처럼 붙어있는 가와
면, 그 속엔 해는 없고 해가 조종하는 아바타가 달을 움직
이고 있다

울음/웃음

상가들이 즐비한 맞은편 상가에서

상가를 보고 있었다 상가에는

웃고 있는 영정 사진을 보고 상제가 울기도 하고

울고 있는 엄마를 보고 안긴 아이가 웃기도 했다

웃는 아이를 보고 할머니가 울기도 하고

울고 있는 사람 등을 맞대고

웃으며 사내들이 고스톱을 치기도 했다

문 앞에는 활짝 핀 국화가 조문객을 맞았다

헛 밥 먹는 영정을 향해 향이 온몸으로 흐느끼고 있었다

웃음과 울음이 깔려있는 바닥에 앉아

사람들은 배를 가리고 배를 채우고 있었다

마지막 인사

처음이자 마지막 화장을 받은 어머니가 아들에게 메시지를 남겼다

아들아 내 아들아
천만번을 불러도 아까운 이름 내 아들아
눈으로 보고 있어도
온몸으로 다시 보고 싶은
아들아 내 아들아
고맙구나 네 아버지가 정말 좋아하시겠구나
평생 가슴에 묻고 살았던 여자라는
이름을 네가 꺼내주었구나
몸이 불편한 남편을 둔 죄로 일평생 입술연지
한 번 바르지 않았던 어미를 너는 알고 있었구나
여든 하고도 둘, 그렇지만 엄마도 여자였구나
화창한 이 봄날에 화장한 내가 예쁘구나
내가 아닌 것 같은 내가 열 배 백 배 예쁘구나

꽃이 제아무리 예쁘다고 한들

이보다 더 예쁠 수는 없다 아들아 내 아들아

나는 지금 덩실덩실 어깨 춤추며 꽃길을 가고 있다

영산홍 철쭉도 덩달아 춤을 추는구나

봄새도 나뭇잎들도 구름처럼 따르는구나

아들아 속 깊은 내 아들아 네가 눈물겹도록 고맙구나

네가 내 아들로 태어나주어서 고맙고

내 마지막을 지켜주어서 더더욱 고맙구나

먼먼 훗날 우리가 만나는 그 날까지

아들아 사랑하는 내 아들아 부디 행복하려무나

　어머니의 마지막 인사가 굵은 눈물 줄기로 눈가에 흘러
내렸다

향음(響音)

뼈꾸기시계가 자정을 흔든다
산비둘기 울림이 온 산을 흔든다
흔든다, 흔들린다
배롱나무 밑에 어머니를 두고 온 날
아버지 방의 정적이 봄밤을 흔들었다

조팝꽃이 피면

조팝꽃 앞 다투어 피기 시작하면요

쌀통 바닥 쌀알은 까치발 치켜드는데요

어머니가 키우던 이팝나무 아래로 꽃잎은 밥알처럼 쌓이구요

바늘대 같은 꽃대궁에 빈틈없이 들어찬 송아리들은 돌아 눕지도 못하구요

숟가락 아홉 개 들락거렸던 피죽 한 그릇에 어머니의 한숨이 메기처럼 쌓이구요

어머니 허리춤에서 잘록해지는 것에 익숙해진 허리띠는 제 살 깊숙이 자꾸 머리를 들이밀구요 언제 어디쯤에서 멈출지는 허리띠도 모르구요

이제나저제나 쌀통 가득 흰쌀 채워지기를 기다리던 어머니의 바람은 어디에도 없구요 무심한 이팝 꽃잎은 방향 없이 날리구요

봄바람 잔뜩 든 확성기가 허기를 깨우면요

종잇장처럼 얇아진 어머니의 바람은 아홉 남매 맴돌다

또다시 가버리구요

　해마다 조팝꽃 같은 흰 웃음만 고봉으로 어머니의 제사
상에 올려집니다

늦여름

여름이 모자를 쓰고 있다

계절 안에 걸려있는

챙 한쪽이 찌그러든 모자를

누구도 쓰지 않으려는 낡은 모자를

가만가만 눌러쓰고 있다

모자 안으로 그 넓은 모발이

한꺼번에 갇힌다

군소리 한번 내지 않고

시퍼렇게 갇힌다

야망과 고속도로와 오만

오직 한 철만 있을 거라 믿었던

그림자는 언제까지 머리를

치켜들고 있었다

그 투철했던 방패는

모두 어디로 사라졌나

작렬했던 태양도 한쪽 어깨가

내려앉아 있다

모자가 손을 흔든다

혹염의 상처를 제 속 안에 넣고

긴 꼬리를 흔들며

모자가 천천히 떠나간다

상봉

가난해서 버려진

그러나 버려질 수 없었던

그 봉분이 열렸다

이순의 아들이

불혹에서 멈춘 어머니와

사십 년 만에 만났다

그늘이 플래시를 터뜨리며

모자간의 만남을 취재했다

—어머니 이제 볕을 발라 드릴께요

아들은 어머니를 쓸어안으며

가늘고 긴 비명 속에 빠져들었다

흙을 빚어 육신을 만든

어머니의 눈에서

이천백아홉 방울의

아들이 쏟아졌다

봉분 앞에 있던 대방산이

황소울음을 삼켰다

암자

절은 산 무릎에 앉아있었다 절 마당에 한낮이 똬리를 틀고 있었다

개암나무 열매가 고요 속에 갈색 선문을 던졌다 가을이 선답인 양 허공 속에 주황 물결로 일렁였다

대웅전에 향은 있고 향은 없었다 주먹이 손을 폈을 때 손은 있고 원래 없었던 주먹처럼

모로 걷는 바람을 보고 경을 치듯 모감주나무 열매가 할! 소리를 질렀다

모감주 한 알이 경내로 백팔 번뇌 아리며 굴러갔다

그 찰나 풍경이 풍경 속으로 쥐 죽은 듯이 잦아들었다

양털구름 쓴 산이 미륵처럼 빙긋이 웃고 있었다

물집

　잡혔다 터도 없이 집이 생겼다 주춧돌도 없이 투기도 모르는 채 집이 지어졌다 물을 물로 보지도 않았는데 바둑알을 만지지도 않았는데 집이 이미 자리를 잡고 있다 도면이 투명하게 드러나 있다 너무 뜨거웠을까 새 구두에 발이 텃세를 부렸나, 신이 신이 아니었네, 생각 없다고 생각했던 탭댄스가 늦바람을 전제로 한 신호였었네,

　정표를 남기고 싶었어요 제겐 신이 신이었거든요, 잘 보이지 않는 협간에서 물로 된 집이 으름장을 놓고 있다 눈엣가시를 벌겋게 세우고 있다 날 건드리기만 해봐요, 내밀이 잔뜩 부풀어 위풍까지 당당하다 이럴 땐 비위를 건드리지 않는 게 상책이야, 가까이 다가올 때 알아봤어야 했는데, 구두코가 반들거릴 때 눈치를 챘어야 했는데, 그러나 이미 때는 늦었다 달아오른 저 독기부터 빼내야 한다 얼음을 들이대야 하나, 그냥 모르는 척 지나쳐야 하나, 터뜨려야 할까, 아니야 바셀린 거즈로 영원히 묻어둬야 해, 뒤집

어엎어야 해, 스스로 물러날 때를 기다려야 해

물집이 사라지고, 한동안 맨발이었다 그때 이후로 다시
는 물을 먹지 않았다 바람도 쳐다보지 않았다 집을 피하려
면 냉수마찰을 해야 해요 새 신은 버려야 해요

신발을 벗겠습니다

신발을 벗겠습니다. 그리고 천천히 이 땅에 발을 담그겠습니다. 발가락을 안테나처럼 곧추세우고 새싹 올리는 저 조용한 함성에 몰입하겠습니다.

나는 퇴비다라고 중얼거립니다. 나는 밀알이다라고 주문을 겁니다.

하지만 차마 어머니라고 불러보지는 못합니다. 그래도 끈을 푸는 용기로 신발을 벗겠습니다. 두 손에 이슬 받는 정성으로 신발을 벗겠습니다

내 안의 선을 지우며, 선을 그으며 신발을 벗겠습니다. 머리를 잘라 신을 짓는 심정으로, 모래로 화엄 쌓는 정성으로 신발을 벗겠습니다.

언제까지 맨발입니다. 당신의 그 깊고도 온화한 발자국

에 볼품없는 내 발을 얹어봅니다. 좁고 얇은 내 발을 소원처럼 찍어봅니다. 저기

딴지를 걸어오는 것이 봄비입니까. 봄비 타고 오는 내 발입니까. 팔입니까. 겨울 바람입니까.

땅! 땅! 울리는 이 소리는 당신의 채찍소립니까. 저는 여영 당신의 땅으로는 남을 수는 없는 겁니까. 정녕 나는 눈을 감고 다시 이 신발을 신어야 합니까.

말

채찍이 땅에 닿을 때마다
네 말꼬리가 흘러내려
얼룩말인지 바닷말인지 알 수는 없어
땅이 울리고 있어, 울고 있어

'말끝이 흐리면 명이 짧은 거여' 할머니 말소리가 말발굽
소리로 되살아나곤 해

말머리는 윤이 나야 해
말갈기는 감칠맛이 생명이야
말이 일파만파로 광야를 달리고 있어
말은 빨라지고
나는 기수가 되어 너를 흔들고 있네

저기 좀 봐 말 한마디가 천리를 가고 있어

네 말끝이 내 꼬리에 휘감겨 들고

우린 그전처럼 말없이

말을 부릴지도 몰라

말총이 공포탄을 울리는

허공 그 아래

말 가득 말없음표가 채워져 있는

말 한 필이면

너를 살 수 있을까

찔레

찔리고 갈퀴어지고 온몸 갈래갈래 찢기어진 상처로
깁고 묻고 다독거려서
달빛 물든 언덕에 꽃이다가 열병이다가 천의 바람이다가

이따금 찌르레기로 울다 찌질이
넘어지다 땅이 울려 울멍울멍 멍울지기도 하면서

오월 달반늘이면 어둠도 몰래
벼랑요새 끝에 쏟아낸 하얀 피, 객혈이야

백야로도 신의 눈빛으로도 어쩌지 못해
흰 피로 물들인 알가시 켈로이드

들 숲 뒤안길에 덤불로 나부끼는
숲을 가로질러 바람의 말로 펄럭이는

찔레, 질래, 차라리 찌르레기가 될래,

저 낡은 깃발은 지고 또 지다 지지 못한 몸부림

돌무덤 맴돌다 쏘며 뿜으며 노을 광장에 붙박인 하얀 그
림자

귀의

아이가 팽이를 돌렸다 팽이가 돌았지만 팽이버섯은 팽나무에게 돌아가지 않았다 돌 지난 나무를 바람이 돌아보고 있었다 나뭇가지에 나무 거울이 걸려있었다 불경은 거울을 보지 않았다 예를 차리지 않았다 동자승들이 나무를 돌며 술래잡기를 하고 있었다 나무 밑에서 한 보살이 탑을 보고 나무라고 불렀다 바람을 안고 솔잎이 가랑잎을 바스락거린다고 나무라고 있었다 반 그늘진 곳에 푸른 그림자를 깔고 있는 동청, 물을 안고 물레방아가 왼쪽으로 돌았다 지구본이 머리를 갸웃거리며 돌아갔다 해가 노루꼬리만 해질 무렵 능소화 꽃잎이 흙으로 돌아갔다 서녘이 붉어지고

해가 밤을 길어 동녘으로 깊어졌다 연어가 태어난 곳으로 돌아왔다, 이발소 삼색 기둥이 입김으로 돌아갔다

나는 꾸준히 시속 40㎞를 유지하려고 해

고속도로를 달리는 차의 시속은 110㎞이다

고속도로를 달리는 차의 나이는 110세이다

속도는 나이와 비례한다

20대의 속도는 시속 20㎞이다

아무리 빨리 달리고 싶어도 시속은 20㎞를 벗어나지 않는다

시속의 비중을 앞바퀴에 두고 신호를 무시하고 차선을 위반하면서 달려보지만 바퀴만 헛돌 뿐 시속은 결코 늘어나지 않는다

50㎞를 달리는 50대의 시속은 비중을 바디의 중간에 두고 있다

달리는 몸체는 앞으로 쏠리지도 않고 뒤로 밀려나지도 않는다

어쩌면 가장 오랫동안 달리고 싶은 속도인지도 모른다

시속 70㎞로 달리는 70대 무게 비중은 자동차 뒷바퀴에 실려있다

빨라지는 속도는 천천히 가고 싶은 마음과 반비례한다

기어를 1단에 놓고 수시로 브레이크를 밟아보지만 시속은 결코 줄어들지 않는다

바깥 경관이 너무 빨리 명멸한다

아직 머릿속에 쟁여야 할 것이 많은데 시속은 두 눈을 부릅뜨고 바퀴를 채근하며 달린다

90㎞, 100㎞, 속도는 나이와 손을 잡고 달린다

그러나 아무리 시속을 원망하며 매달려 간다 해도 무제한 고속도로에 동승하고 싶은 마음들은 어쩔 수가 없는 것인가

둘레춤을 추었다

외가에 수세미외가 늘어져 있을 무렵이었다

오리나무 안에 하늘다람쥐가 잠들어 있을 무렵,
고샅에 엿가위 하울링이 울려 퍼질 그 무렵
그때, 돌양지꽃이 지고 물봉선이 지고

접히며 펴지며 초혼을 부르는 노오란 오후
하얀 저고리새가 날아오른 지붕

할머니 가시는 길에 진주알 등을 밝힐게요
노잣돈 동전을 드릴게요 쌀을 드릴게요

이따금 배롱나무 귀 아래 워낭소리 춤을 추었다
동자꽃이 피었단다, 원추리꽃이 피었단다,
할머니 치마꼬리 살랑살랑 아우라지 가락이
열두 개울에 철썩이다 되살아나면

할아버지 방 정적이 아우성을 질렀다

전기 없는 초인종처럼, 간이역 떠나는 기적처럼

두물머리

등과 등 사이로 사소한 강이 흘렀다

이방인처럼 안개는
모로 누운 강둑을 자꾸 흘깃거렸다
두 줄기의 강물이
강섬을 번갈아 핥켰다

아침이 오지 않았다

어둠이 내내
입과 입을 묶었다
손과 손을 잠갔다

말이 뛰어서 풀이 꺾이지 않았다
풀이 이죽거려서 말이 뛰지 않았다

나는 풀을 밟고 서서

화살 없는 궁을 당겼다

시위가 허공을 향해 할할 짖었다

두물머리 물안개가

담비 떼처럼 몰려왔다

만약,

옷을 입는다 멍들고 해진
띄엄띄엄 무늬가 행복처럼 박힌

옷을 벗는다 무덤 같은 황무지에

약속해줘요 다시 환생할 거라고 그땐 우월한 의자일 거
라고
만약,

저 땅이 붉게 물든다면
저 터가 한 귀퉁이 떨어져 깃발로 펄럭인다면
말더듬이 웅변가처럼

나는 꽃말 없는 나무로 태어날지도 몰라 그늘에서 그늘로
피톤치드 향을 내뿜을지도 몰라

꼬리가 뒤틀린 바람이 제 자리에 앉아요
새들이 몰려다니는 쪽으로 기우는 척했다가

우리 실크로드를 걸어요

비단 자락 하늘거리는, 나풀거리는, 찢기고 반듯한, 얼
룩들이 숭고한,
만약이 흐르는

강가에 물안개가 피어올라요 실루엣에 몰두해 봐요

우리 그렇게 소리 내어 웃어봐요

옷을 하나 입는 것처럼
왕후 같은 옷을 입는 것처럼

국화 내력

그때 국화는 빵틀에서 철없이 피었다
방과 후 우리는 그 속에 나비처럼 빠져들었다
나비와 국화 사이에 책이 부풀어 올랐고
반 회비가 불쑥 다크호스로 나타났다
두려움보다 큰 스릴이 유혹하는 향을 앞질렀다

국화는 늘 우리들의 주머니 속으로 졌다
주머니가 없는 바 지 선 안에는 물이 가득 채워졌다
팔월에도 여름은 오지 않았고
심심하면 보리밭에 소쩍새가 머리를 박고 울었다
물배는 꿀렁거리며 산국화 밭을 야생마처럼 달렸다

허리를 투철하게 졸라매고
국화동을 잡으면 무궁화 꽃이 피었다
검정 고무신으로 돼지 오줌통을 몰다
國花 속에 들면 동해물이 출렁거렸다

가을 하늘이 공활했고 소나무가 철갑을 둘렀다

그땐 기상이 허기를 앞질렀는데
메뚜기가 햄버거를 따돌렸는데
까까머리가 캡이었고 거짓말이 싱싱했는데
그땐 허벅지가 허리보다 굵었는데
매화보다 국화가 더 벙글었는데

공원 묘지

산정은 온통 화이트칼라로 단장했소 인적은 없고 눈바람
은 검은 기침만 쿨럭이오 내 옆에는 나만 있소 공원, 공원
벤치는 어디에도 없소 벤치 위에 있던 봄날은 눈을 씻고
찾아봐도 보이지 않소 등성이를 넘어온 까마귀 떼만 호객
꾼처럼 반기오 무섭다는 것은 서두른다는 것, 나를 다잡고
청하 석 잔을 들이켜도 내가 자꾸 작아지는 것은 어쩔 수
가 없소 객기에 객기를 몇 제곱을 곱해도 배롱나무 잔설이
자꾸 두려워지는 건 나도 모르겠소 눈 물이 허벅지를 붙드
오 적막이 내 뒷덜미를 낚아채오 미안하오 깊은 눈 속에
당신을 두고 저 두려움인 듯 본능인 듯 추위를 앞질러 달
리는 건 내 안의 공포일지 모르오

히터가 녹여 낸 것이 눈물인지 눈 물인지 나도 모르오

회가 해를 회쳐먹었다

회가 거듭될수록 우리는 깊은 맛이 우러났다 잘 씹히지 않는 것들은 잇몸이 처리하거나 해를 내세워 두루뭉술 넘어갔다

우리들의 기억 속으로 낡아간 남해회관, 재회였지만 늙은 아이들은 망둥이처럼 날뛰었다 눈만 마주치면 바다에서 금방 달려 나온 듯 팔딱거렸다 서지도 돌아가지도 않는 날을 세우고 이마에 쉰여섯 개 해를 단 훈장이 초딩처럼 말했다

여기 40회 따따불요, 언제나처럼 운동장

천리향은 천 리를 달렸고 느티 그늘은 그냥 그만큼 내리어져 있었다

회는 좋아했지만 디딜방아 소리가 요란했지만 내 물레방아는 돌아가지 않았다 오랫동안 장막이 걷히지 않아서 물이 일지 않았다

그렇지만 해는 회를 축으로 위성처럼 돌았다 품지도 길들이지도 않았지만 나도 모르게 어둠은 해를 안고 돌아가고 있었다

헤쳐모여!
서녘이 이만 오천오백 개의 해를 넘기는 동안 물은 제각각의 물레방아를 따라 돌았다 고위직 공무원으로 중소기업 총수로 혹은 고향을 지키는 농부로 물레방아는 열심히 돌았다 이젠 귀가 멀고 머리에 된서리 맞은 물들이지만 귀천 앞에선 귀천이 다르지 않았다 죽음이 갈라놓을 때까지 우리들은 영원한 40회, 대형 테이블에 둘러앉은 우리는 따로 똑같이 해를 회 쳐 먹고 있었다 노을이 향우들을 물들이고 있었다

가족

바오밥나무 우듬지에
햇살이 고여 있다
둥지 안에 아기 새 둘
깃털이 아빠 엄마 반반씩 닮았다
하늘이 풀어놓은 담청색 속에
푸른 구름이 피어나고 있다
나무와 나무와 나무 사이에
윤슬처럼 반짝이는 본분
뻐꾸기시계 맞물린 톱니가
서로를 맞춰가며 돈다
저만치 다람쥐와 산꽃의 대화가
서로의 눈높이에서 영근다
나뭇잎 흔들릴 때마다
한 곳을 바라보는 두 어른 새
어깨에 말없이 화엄이 쌓여간다

산당화(山棠花)

봄은 해마다 명자가 유폐된 그림자를 풀어낼 때 온다 명
자는 한 해 한 번씩 작고 옹골찬 청순으로 봄을 펼쳐낸다
산에 들에 또는 생울타리에 명자가 찾아들면 바람이 슬쩍
슬쩍 곁눈질하며 봄씨를 사방에 흩뿌린다

그 사랑은 명자에게 그림자만 남겼다 이젠 아주 갔다고
멀어졌다고 묻고 밟고 몇 번씩 덮었지만 온몸에 돋아나는
가시는 어쩔 수가 없었다 봄이 낡아 허물어질수록 명자의
그림자는 더욱 짙어졌다 뼛속으로 깊어져 갔다

해마다 봄은 왔지만 명자의 봄은 없었다 그녀는 증오의
광장에서 계절을 짓이기며 그림자를 옭아매고 있었다 명
자에게 봄은 더 이상 고양이도 나비도 아니었다 그녀에게
남은 건 그가 지어준 아가씨, 그 이름 하나뿐이었다

계절에서 잊혀지고 상실된 봄 안에서 깊어지는 겨울, 망

각의 시간은 어디를 맴돌았을까 어느새 분노는 빙하로 흘러내리고 증오는 또 다른 사랑으로 채색되고 있었다 겸손과 트라우마와 독점했던 욕망, 봄은 명자에게 그렇게 다시 태어나고 있었다

　봄 아래 향기롭고 화려하고 청순한 명자꽃, 애정과 애증과 애착으로 돋은 가시, 그 사랑은 봄이었고 봄이 아니었고 봄으로 승화한 그림자였다 그리하여 그녀는 그녀가 만든 봄으로 봄을 맞고 있었다 평범한 조숙으로 꽃을 피우고 있었다

기적의 포옹

쌍둥이 자매는 12주 빨리 세상으로 왔다 어쩔 수 없이 인큐베이터에서 자랐다 하지만 심장이 좋지 않은 동생 브리엘은 하루에도 몇 번씩 생사를 넘나들었다 잡지 못했으므로 잡을 손이 없었으므로 꺼져가는 브리엘, 간호사 케일은 브리엘의 간절한 몸짓을 읽었다 언니랑 같이 있게 해줍시다, 케일이 제안했지만 담당 의사는 반신반의했다 드디어 브리엘의 인큐베이터 안으로 언니 카이리가 옮겨졌다 바로 그때 눈앞에서 기적이 일어났다 언니 카이리가 서서히 몸을 돌리더니 동생 브리엘을 껴안았다 1킬로그램도 안 되는 저 본능의 포옹, 둘이 껴안고 있는 사이 위험 수위에 있던 브리엘의 산소 포화도가 서서히 변해갔다 그리고 마침내 브리엘의 심장이 정상으로 돌아왔다 분명 기계의 오작동이 아니었다 부모와 의사는 사실을 보고서도 믿을 수가 없었다 누가 피는 물보다 짙다고 했는가 우리의 원천은 하나인 걸요, 언니 고마워, 아니야 네가 내 곁으로 와줘서 고마워, 강물이 하나로 붉게 익고 있었다 사람들의 가슴으로 따뜻하게 흘렀다

바다 없는 섬

사진을 보며 무지갯빛 물속에 잠기네 크리스탈 잔속에 추억처럼 얼음조각이 떠다니고 그때의 파도 타던 바람이 사선으로 기울어지네 내 목 안으로 미끌어드네

덜 익은 사과 같은 이름 하나를 기억하네 와이키키 해변에서 유난히 하얀 이가 드러났던 사람, 야자수 사이로 불벼락처럼 뜨거웠던 그 눈길, 그러나 가슴과 가슴을 관통했던 총알은 눈먼 새가 되어 바다 없는 섬 안에 갇혀 버렸네

박제된 사진 속으로 내 눈이 빠져들면 그곳은 금세 바다가 출렁이네 이름 없는 섬에서 불어오는 바람은 언제나 나를 그리움으로 물들게 하네

낡은 LD 판처럼 기억은 중간중간 끊기며 튀어 오르네 고장 난 바늘이 제 자리를 맴도는 동안 그의 노래는 깃발이 되어 늘 푸른 바람에 흔들리네

다시 이 여름이 지고 나면 이름 없는 섬에서 불어오던 바람과 불벼락 쏟아내던 태양과 열창의 노래는 다시 기억 속으로 사라질 것이네 벌레 먹은 감처럼 떨어져 버린 내 사랑은 사진 속에서 또 아무도 모르게 그렇게 나뒹굴 것이네

가을엔 편지가 되겠어요

기둥 하나로 지어 올린 붉은 나무집은
전원주택 뜰 앞에 있어요
그 집 안을 들여다보려면
무릎을 살짝 구부려야 해요
콘도미니엄 식으로 지은 집은
여닫이 출입문 말고는
어느 쪽으로도 창은 없어요
하지만 집 안은 늘 보송보송해요
그 집은
한 식구가 상주하지 않고 누구라도
잠깐씩 쉬었다 가는 곳이에요
이른 아침 두부 종소리가
잠깐 집을 들렀다 나오면
세탁 아저씨 목소리가 들어갔다 나와요
한낮이면 야채 장수 확성기 소리가
집 안을 쿵쿵 울리기도 해요

집배원 아저씨가 다녀간 이후

집안에는 웃음소리가 굴러다니기도 하고

여느 때는 지붕 사이로 한숨 소리가

김처럼 새어 나오기도 해요

밤이 되면 어둠을 타고 온 별들이

집 안을 가득 채워요

가을빛 고운 날 나는 단풍잎 편지가 되어

붉은 나무집에 담길 거에요

바바리 깃을 세운 그대

무릎을 살짝 구부리고 내 손을 잡아주어요

그리고 가을빛으로 온통 나를 물들게 해줘요

연륙교

나는 그때 선착장에 있었다

포말이 부두와 배 사이를 밀어내고 있을 때
부등호 모서리에 남자의 눈물이 반짝이고 있었다
부두를 떠난 배가 뱃고동을 울리고
남자의 오른손이 사각지대 안으로 흔들렸다

남자가 직선 끝에 한 점으로 남았을 때
여자는 남자를 두 손으로 품었다
여자의 손가락 사이로 빠져나오는
남자가 바다색보다 짙었다

내가 마흔 해 전으로 가고 있을 때

섬과 배와 부두가 뭉쳐 있는 교각 위로
차들은 속도계를 벗어 던지고 달렸다 그 위로

남자의 섬에서, 여자의 육지에서 뻗은 연리목 가지가
붉은 아치형 연리지로 엮여 있었다
바다는 연륙교 그림자를 해가 지도록 품고 있었다

나는 그때 다리 끝에 있었다

출항증후군

  – 기도를 올리는 어머니가 보인다 바람 없이 펄럭이는 흰 깃발, 분홍리본 매단 강들이 바다로 몰려갔지만 바다는 끝내 팔을 벌리지 않는다

태어난 바람은 언젠가 배를 몰고 바다를 향해 기수를 돌린다

보내고 떠나는 북새통이 부두를 메울 때
독존은 이미 매표소에서부터 맨발이다

섬 종자를 움켜쥐고 아들은 먼동을 타고 떠났다
아들이 뿌린 섬의 줄기가 곧 바다 위로 떠오를 것이다

내가 가끔 바다 앞에 서면 바람의
무늬는 내 앞에서 기억상실로 다시 태어나곤 한다

'어머니 하늘 위로 날고 있는 저 비행기가 명료하지 않으

세요 강둑에 고목 휘감은 능소화가 귀를 열고 있어요'

흡반에 고인 꽃가루는 바람보다 부드럽다

어머니 무릎 아래로 바다는 시퍼렇게 혀만 일렁이고 있다

달

난 내가 누구라고 꼭 집어 말할 수가 없다
나는 완벽하게 보이다가도 눈썹처럼 휘기도 하고
반쪽은 뚝 떼어서 낮에게 저당 잡히기도 한다
아예 잠수함을 타 버릴 때도 있다

내가 이러는 이유는 순전히 네온사인 때문이다
그들은 벌떼처럼 눈웃음을 바꿔가며 밤을 유혹했다 내게
안겨 밤은 어느 순간 등을 돌렸고
빌딩도 가로수도 간판도 모두 내 곁을 떠나버렸다

그들은 밤을 헬륨으로 희석시켰다
그리곤 밤 속에 꽃술처럼 들어앉아 밤을 지배했다
그들의 손짓과 붉고 노란 혀가 공중으로 솟구칠 때
밤의 사지는 이미 오라라 붙어버렸다

밤의 눈에 아른거리는 카멜레온, 화끈한

셋째 마누라 치마고리 같은

하루만 안 봐도 안달이 나는

루체비스타 중독중 이미 헤어날 수 없는

그러나 이젠 나는 그들의 뒤통수에 어눌한 빛으로 눙을
치다가

반달 웃음으로 그들을 넘겨짚기도 한다

나도 모르는 내가 한 달을 주기로 그들을 내려다보며

은은하게 또는 뚜렷하게 변해가고 있다

넬라 판타지아

세 살 때 허공에 버려졌다 본능적으로 안개에게 손을 내밀었다 구름 꼬리에 뒷발을 걸기도 했다 자신이 어디서 왔는지도 몰랐지만 허공 뒤에서 눈치는 벼락보다 빨리 자랐다 하루가 수 삼 년씩 커졌다 넷이 부풀어 올랐을 때 다섯 살의 사막은 끝이 보이지 않았다 고비였다 허공 앞에 무릎을 꿇어도 삭막을 짓씹어도 숨이 막혔다 칡과 등나무 앞에서 다섯 살배기가 뚫은 허공, 무작정이 작정이었다

다섯 살의 광장엔 뿔 달린 뱀이 득시글거렸다 화사한 독이 수없이 등 뒤로 미끄러졌다 뱀의 소굴에서 살이 뜯기고 뼈가 다 으스러졌지만 피가 단단해서 살았다 단 한 번의 삶이기에 그는 죽지 못했다 꿈속에서도 그는 긍정으로 자신을 데웠다 하지만 달이 차고 가위가 보를 이겨도 늘 허기졌다 쓰레기통에서 하수구에서 닥치는 대로 숨을 쉬었다 머리가 들어가는 곳이 집이었다 추우면 화장실이 팔을 벌렸다 잠이 고프면 계단이 달려왔다 길바닥에서 말보

다 욕을 먼저 배웠고 별은 항상 그의 온몸에서 떴다 졌다
눈을 뜨기 위해 눈을 팔았고 먼지가 돌이 껌을 샀다 길냥
이가 껌을 씹었고 껌이 껌을 먹었다 춥고 어두운 골목에서
다섯이 그렇게 열을 낳았다

　벼랑 끝에서 붙잡은 노래, 동아줄이었다 숨통이었고 바
람이었다 머리였고 팔 다리였다 노래를 부르면 청공이 달
려왔고 나무는 그와 함께 나무 나무를 읊었다 환상 속에는
밤도 낮이었고 감옥의 벽도 훨훨 날아올랐다 구름을 물들
이는 넬라 판타지아, 그는 그 속에서 사라졌다가 생겨나곤
했다 맞아서 얼어서 굶어서 파묻혀서 죽지 않고 살아난 그
가 노래 속에서 몇 번씩 그로 다시 태어나고 있었다

뒤란의 그림자

뒤란은 시의 행간이다 돌담 사이엔 양하 향이 첫사랑처럼 숨어 있다 향수병 아래 달의 뿌리가 융숭한, 그래서 뒤란으로 돌아 나오는 바람은 잔털이 수북하다 세미클론과 연과 가지에 걸리는 굴뚝 연기, 뒤란은 행의 망토를 두르고 낱말이 뽀얀 가루를 뒤집어쓰고 나오는 서정의 우물이다

뒤란 채에는 아버지 헛기침이 옥수수 알갱이처럼 박혀있다 어쩌다 튀겨진 기침이 앞마당 장닭 벼슬처럼 붉어지면 골목엔 팔려가는 누렁이 발자국 소리가 납덩이보다 무거웠다 쇠죽 쑤던 가마솥이 허공으로 소 울음을 몇 번씩 울고 달이 이울기를 수없이 반복해도 귀에 익은 워낭 소리는 언제까지 돌아오지 않았다

그곳엔 비의 꼬리가 묻혀있다 낙수의 통한이 물들어 있다 이따금 아무도 몰래 홰를 친 늙은 햇살의 아우라가 삐져나오기도 한다 흙을 뒤척이며 그리던 그 많던 청사진은

모두 어디로 갔을까 시와 시집과 낭만으로 점철된 추억,
뒤란엔 언제나 뒤를 돌아보는 아련한 그리움의 그림자가
배어있다

분홍빛 고래

바다는 눈을 뜨고 있었지만 듣지 않았다 귀가 열려 있었지만 보지 않았다 닮은 듯 다른 섬들은 그냥 섬이었으므로 배들이 배를 내밀어도 배는 늘 배였으므로, 그리하여 조개키 재기는 거기서 거기였다 언제나처럼 다람쥐는 쳇바퀴를 벗어나지 않았다 그래서 숭어는 늘 숭어였고 고동은 언제나 고동이었다

파랑을 깨워야 해, 웜불던 효과 없이 내 안의 나를 찾아내야 해,

행방이 묘연해진 다람쥐를 찾아 물결이 격랑으로 신호를 바꾸었다 개펄에서 조개들이 와글거리기 시작했다 여기저기 망둥이가 수면 위로 튀어올랐다

마침내 갈매기가 초록 망토를 두르고 신호탄을 울렸다

허물을 벗은 섬이 #으로 다시 태어났다 등대가 하얀 옷깃을 휘날렸다 눈이 눈으로 한껏 투명해져 있었고 귀가한 귀가 소라 껍데기로 변해 있었다 뱃고동이 말했다 기적입니다 드디어 해는 바다라는 이름으로 석양을 꿈꾸며 바다

속에 들었다

별과 변화와 상대성 이론, 배의 배 안에 뒤틀리면서 변한 공간이 출렁이고 있었다 누군가 외쳤다 분홍빛 고래가 몰려오고 있어요

미소가 고운 시

리노레익산이 일천억 마리나 든 미소가 있다 이 미소는 꽃보다 화려하고 심해보다 깊다 자세히 보면 보조개 속에 태(太)라는 훈이 박혀 있다 태백산의 콩이라고도 불리어지는 백(白), 청(靑), 황(黃), 흑(黑), 혹은 오리 알, 쥐눈이라는 닉네임이 붙어있는 미소, 이는 어떤 은유도 대체할 수 없는 그만의 독특한 시다 때론 된장녀라는 괄시도 받아내며 우리 곁에 없는 듯이 존재하고 있는 미소, 이 미소 안에 있는 다섯 가지 덕(德)은 누구도 모방할 수 없는 그만의 매력이다

단심(丹心), 언제 어디서도 제 본분을 잃지 않는다 곁에서 끼와 교태가 어떤 소란을 피워도 그들에게 휘둘리지 않고 자신을 말없이 지켜낸다

항심(恒心), 오랜 세월이 흘러도 변하지 않는다 지독한 세균이 떼를 지어 몰려와도 미소는 흔들리지 않고 제 자리에

서 제 모습을 변함없이 유지한다

　불심(佛心), 아무리 비리고 기름진 것도 다독이며 거둬낸다 지독한 독벌레가 어떤 사악을 떨어도 이 미소 앞에서는 자취 없이 사라지고 없다

　선심(善心), 맹위 떨치는 고추 당추를 아무도 몰래 다스린다 아무리 뜨겁고 악한 맛도 이 미소 앞에서는 언제 그랬냐는 듯 금세 착해진다

　화심(和心), 어떤 누구와도 조화를 이룬다 제아무리 까칠하고 떫은 수전노가 똬리를 몇 겹씩 틀고 있어도 문제없다 이 미소만 보면 금방 풀어져 어우러진다

　미소가 한자리에 모여 향을 피운다 미소천국 미소주름 미소풍년 미소약발에는 뚝배기가 제격이다 미소 옆에 막걸리가 앉으면 해가 서녘으로 기운다 미소 강약에 따라 주

가가 오르락내리락한다 이천여 년을 이어온 고초균(枯草菌), 폐백 품목에 당당하게 이름을 올리는 시, 이 시에 시는 자연풍의 실루엣이다 미소햇살 미소바람 미소정담, 콩이 풍년이면 두만강(豆滿江)에 배가 많아진다 미소로 푼 술병, 미소로 삶은 족발, 내 곁엔 언제나 미소가 고운 시가 있다

바람의 색

잎들 사이로 햇살이 깔깔대고 있어요
웃음의 색깔들이 안 어울리듯 어울려요
내 머릿결에 옷섶에 살랑거리는 당신은 노랑? 보라?
가만, 이파리 뒤에서 카멜레온이 선수를 치고 있네요
눈을 맞출까요 고개를 돌릴까요

당신께 고백해야 하는데 내 입이 사라졌어요
저기 구름이 도넛을 날려요 입이 동동 떠올라요
능선으로 내가 쏟아져요, 당신이 나부껴요
바닥엔 철없는 꽃무릇이 그득해요, 낭자해요
무릇 귀들이 웅성거려요, 오직 당신이 물들기를 바라요

정색을 한 햇살 하나가 막무가내로 한 곳에 꽂혀요
벽이 뜨거워질까요 젤리가 단단해질까요
빛이 온화해요 냉정해요
우리의 사정거리 안으로 꽃비가 쏟아져요

당신 염통에 가득 찬 가시가 젖기를 혹은 장미를 기다릴 게요

칸나는 시들었는데 그림자는 아직 싱그러워요
퇴색된 웃음들이 땅으로 구르는 동안
낙엽이 폭설 허리춤을 잡고 춤을 춰요 실루엣이 살아나 나요
11번가의 시계탑이 흔들려요, 망토가 펄럭거려요
저기 내색 외색으로 물든 바람이 몰려와요, 정말 당신이 죠?

의식의 흐름

내가 수술실에 들어갈 때 내 어깨에 꽃이 피어 있었다 지
레 겁먹은 나는 마에 취한 나였고 잠을 좇아가는 나비였다
나와 나와 나, 어깨뼈에 구멍이 뚫려도 개미 소리조차 내
지 못하는 나는 천둥 번개보다 큰 소리로 웅변하던 나였다
냉수 머금고 십 리 가던 내가 수술 바지에 오줌을 싼 나이
기도 했다

취한 배가 비틀거리는 동안 갯바위가 깎이고 똥줄이 까
맣게 타고

사과후를 외치고 회복실에 있는 나는 다시 수술 밖의 꽃
받침

종아리에 알통이 배겨 있는 나는 수술 중의 해, 수술 후
의 그림자

늙은 꽃밭을 거머쥐고 발버둥 친 무의식, 노 잡고 노를
푼 턱관절과 변비와 의식

병실에 꽃이 피어있다 창문 틈으로 들어온 바람이 문안
객처럼 기웃거린다

전위

바람 꼬리에서 떨어진 곳이 황무지였다 앞이 보이지 않
았다 햇빛은 눈이 없었고 땅은 귀가 막혀 있었다 뒤도 옆
도 없는 대지 위에 비는 천방지축으로 몰려다녔다 안개는
안하무인으로 깔깔거렸다 달을 채우기 위해 해가 뜀박질
하는 동안 이란의 루트사막엔 고드름이 매달렸다 러시아
의 오미야콘에는 소금바람이 불었다 역광으로 일어선 이
가 아지랑이 실루엣이었다는 걸 열매의 연서를 훔쳐보고
서야 깨달았다 붉은 손을 낳기 위해 단풍나무는 잎이 맺히
기 전부터 열병을 앓았다

숲이 우거질 때까지 땅은 귀퉁이에 하늘이 똥을 싸도 모
른 체했다 안개의 오리무중 계산법도 멀리서 지켜보기만
했다 그림자에 연연하는 햇빛 등에 안전바 없는 롤러코스
트가 진을 쳤다 정오의 머리 위에는 난쟁이가 쏘아 올린
공이 수북해지기도 했다 그래서 햇빛이 특단의 조치로 내
민 간절기, 그래서 계절과 계절 사이에는 작설차를 마시

던 고양이가 어깨 위에 불을 지폈다 루왁 커피에 반한 참
새들이 겨울 안에 여름을 풀었다 달 끝에서 쏟아지는 찬사
와 조명과 갈채, 바람이 숲을 걷는 동안 묘목은 언제나처
럼 땅을 읽었다 달달 외웠다 이따금 발부리에 걸리는 게으
름은 그늘이 덮었다 보여진 그만큼의 박수가 땅의 땀이다
숲의 어깨동무다 아방가르드와 인내와 모래톱, 마침내 밤
을 수없이 삼킨 땅거미의 대서사시가 사하의 그림자로 뿌
리를 내렸다

초꽃이 피었습니다

초만 있었다 풀은 아니었다 처음도 아니었다 바닥에 이마와 무릎이 맞닿아 있었다 절이 절을 부추기고 있었다 저만치 마루를 품고 있는 빛 무리, 상이 이동할 때 공은 보이지 않았다 손이 모아지면서 무아는 작아지고 무상은 천의 형상으로 움직이고 있었다 열망과 심지와 뜨거운 야구공, 잠시 흐트러진 그림자를 보고 경이 경을 쳤지만 경전이 무념으로 넘겼다 그 틈에 지성이 끓어올라 불로 모아진 씨, 눈은 불을 켜지 않았다 이마와 무릎이 바람으로 달아올랐다 화두와 원과 이뭐꼬, 바닥이 낮아진 만큼 탑이 높아졌다 내가 작아진 만큼 공이 부풀어 올랐다 공 안에 맺힌 땀이 원이고 원이 곧 소멸이었다 씨 심지가 열렸습니까, 내가 닫혔습니다, 선문답 안으로 내가 사라졌다 그 자리에 초가 꽃잎을 열었다 활짝 핀 화엄과 간절한 기도와 난다의 등불, 마침내 난간 끝에서 불은 보이지 않는 형상으로 벙글고 있었다

초꽃이 피었습니다, 불 안에 만개한 꽃, 향은 없었다 향
만 있었다

소묘

소나무 아래서
소나기를 맞았습니다
소나기를 피했습니다
불시에 인 소슬바람이
솔방울과 빗방울과
소소한 나를 달래줍니다

반짝, 경내 햇살에
우리는 스타처럼 빛났습니다

2019.07.10